# PRIMEIRAS PALAVRAS EM INGLÊS

**NÚMEROS • ALFABETO • E MUITO MAIS!**

# Numbers  Números

**1** one  **2** two  **3** three  **4** four  **5** five  **6** six

**7** seven  **8** eight  **9** nine  **10** ten

**11** eleven  **12** twelve  **13** thirteen  **14** fourteen  **15** fifteen

**16** sixteen  **17** seventeen  **18** eighteen  **19** nineteen  **20** twenty

**30** thirty  **40** forty  **50** fifty  **60** sixty  **70** seventy

**80** eighty  **90** ninety  **100** (one) hundred

## Shapes  Formas

**SQUARE**
quadrado

**RECTANGLE**
retângulo

**CIRCLE**
círculo

**OVAL**
oval

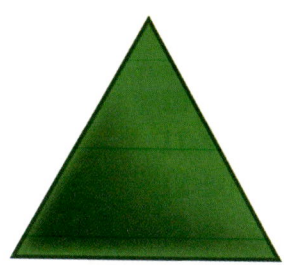

**TRIANGLE**
triângulo

**STAR**
estrela

**HEART**
coração

**DIAMOND**
losango

**PENTAGON**
pentágono

# The Alphabet
## O Alfabeto

A  B  C

**APPLE** maçã     **BALL** bola     **CLOUD** nuvem

D  E  F

**DONKEY** burro     **ELEPHANT** elefante     **FIRE** fogo

G  H  I

**GIRAFFE** girafa     **HELICOPTER** helicóptero     **ISLAND** ilha

J  K  L

**JACKET** jaqueta     **KEY** chave     **LETTER** carta

M  N  O

**MOON** lua     **NATURE** natureza     **OWL** coruja

# The Alphabet
## O Alfabeto

P    Q    R

**PENGUIN**      **QUEEN**     **RING**
pinguim     rainha     anel

S  T     U

**SUN**     **TREASURE**     **UMBRELLA**
sol     tesouro     guarda-chuva

V     W   

**VIOLIN**     **WATER**
violino     água

X     Y   

**XYLOPHONE**     **YELLOW**
xilofone     amarelo

Z

**ZEBRA**
zebra

## Colors  Cores

**BLACK**
preto

**WHITE**
branco

**YELLOW**
amarelo

**RED**
vermelho

**BROWN**
marrom

**ORANGE**
alaranjado

**GREEN**
verde

**BLUE**
azul

**GREY/GRAY**
cinza

**PINK**
cor-de-rosa

**PURPLE**
roxo

# Greetings
## Cumprimentos/saudações

**NO** não

**YES** sim

**HI** oi

**HELLO** olá / alô

**GOOD MORNING**
bom dia

**GOOD AFTERNOON**
boa tarde

**GOOD EVENING**
boa noite (usado ao chegar)

**SO LONG**
até logo

**GOODBYE**
adeus

**GOOD NIGHT**
boa noite (ao ir embora)

**BYE / BYE-BYE**
Tchau / tchauzinho

**SEE YOU LATER**
vejo você mais tarde / até depois

# Polite words
## Palavras de educação

**EXCUSE ME**
com licença

**SORRY**
desculpe
sinto muito
perdão

**YOU ARE WELCOME**
de nada

**THANK YOU / THANKS**
obrigado(a)

**PLEASE**
por favor

## My body — Meu corpo

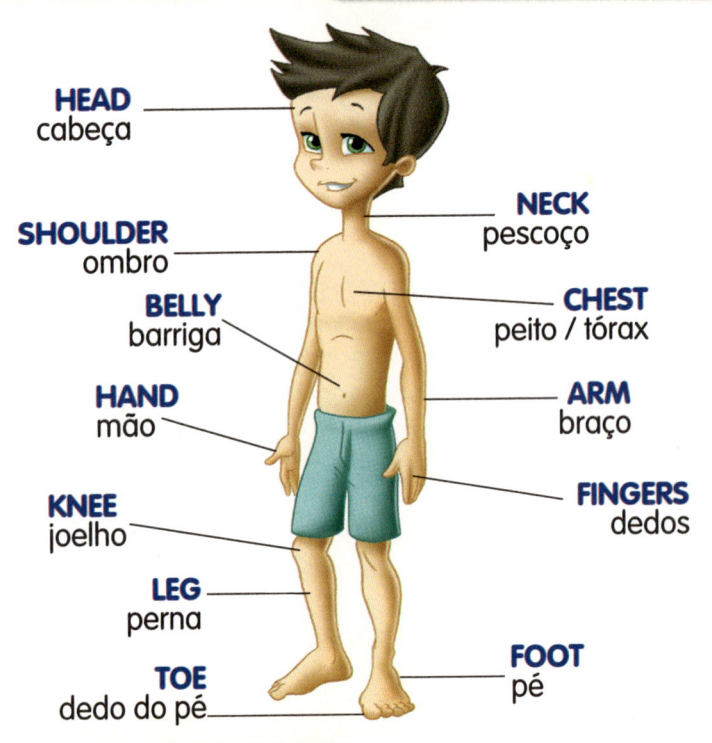

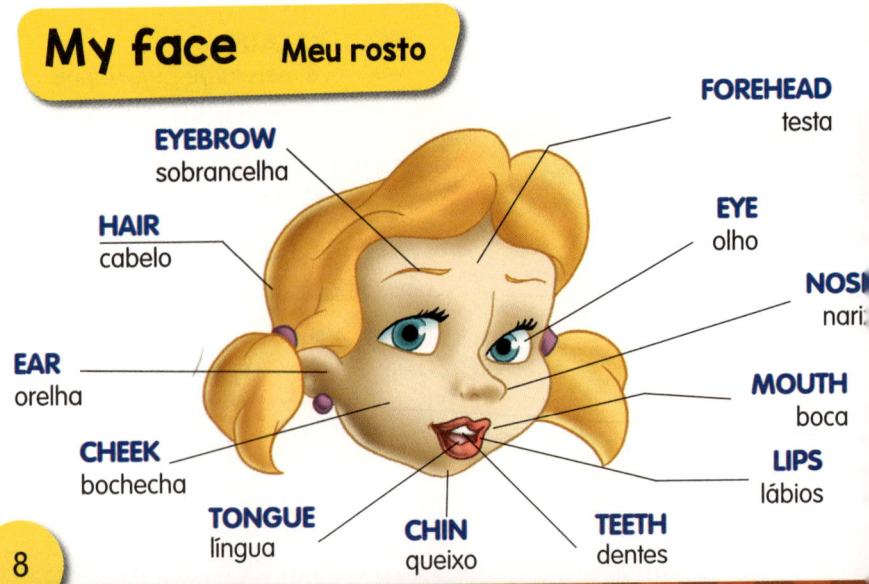

- **HEAD** cabeça
- **SHOULDER** ombro
- **BELLY** barriga
- **HAND** mão
- **KNEE** joelho
- **LEG** perna
- **TOE** dedo do pé
- **NECK** pescoço
- **CHEST** peito / tórax
- **ARM** braço
- **FINGERS** dedos
- **FOOT** pé

## My face — Meu rosto

- **FOREHEAD** testa
- **EYEBROW** sobrancelha
- **HAIR** cabelo
- **EYE** olho
- **NOSE** nariz
- **EAR** orelha
- **MOUTH** boca
- **CHEEK** bochecha
- **LIPS** lábios
- **TONGUE** língua
- **CHIN** queixo
- **TEETH** dentes

## Physical Appearance — Aparência física

**TALL**
alto(a)

**SHORT**
baixo(a)

**FAT**
gordo(a)

**THIN**
magro(a)

## Emotions / Feelings — emoções / sentimentos

**SCARED / AFRAID**
assustado(a) / com medo

**ASHAMED / EMBARRASSED**
envergonhado(a)

**NERVOUS**
nervoso(a)

**ANGRY**
zangado(a)

**HAPPY**
feliz / alegre

**SAD**
triste

**BORED**
entediado(a)

# Clothing
## Roupas / Vestuário

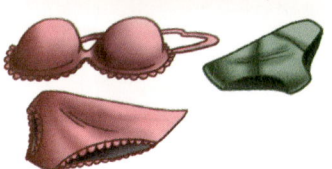

**UNDERWEAR**
roupa íntima

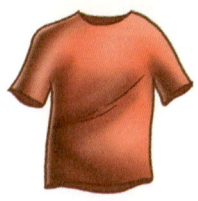

**T-SHIRT**
camiseta

**PAJAMAS / PYJAMAS**
pijama

**SHIRT**
camisa

**TROUSERS /LONG PANTS**
calça comprida

**VEST**
colete

**MINISKIRT**
minissaia

**SUIT / JACKET**
terno / paletó / jaqueta

**DRESS**
vestido

**SWEATER**
suéter

**SOCKS**
meias

# Accessories
## Acessórios

**HAT**
chapéu

**JEWELS**
joias

**RING**
anel

**BELT**
cinto

**SCARF**
cachecol

**GLOVES**
luvas

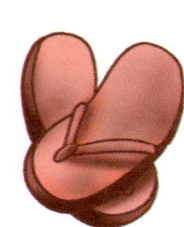

**FLIP-FLOPS**
chinelos de dedo

**PURSE**
bolsa

**BOOTS**
botas

**SNEAKERS**
tênis

**SHOES**
sapatos

## Classroom — Sala de aula

**TEACHER** professor(a)
**STUDENT** aluno(a)
**MAP** mapa
**BLACKBOARD** quadro-negro
**BOOKCASE** estante / armário para livros

**DICTIONARY** dicionário
**DESK** carteira escolar
**SCHOOLBAG** mochila escolar
**MARKER** marcador de texto

**RULER** régua
**BOOK** livro
**PENCIL** lápis
**BRUSHES** pincéis
**PENCIL SHARPENER** apontador

**ERASER / RUBBER** borracha / apagador
**NOTEBOOK** caderno de anotações
**CHALK** giz
**PEN** caneta
**GLUE** cola

**GARBAGE CAN** lata de lixo
**COMPUTER** computador
**SCISSORS** tesoura
**POSTERS** pôsteres

## Classroom activities — Atividades da sala de aula

**(TO) DRAW**
desenhar

**(TO) STUDY**
estudar

**(TO) TALK**
conversar / falar

**(TO) THINK**
pensar / refletir

**(TO) READ**
ler

**(TO) WRITE**
escrever

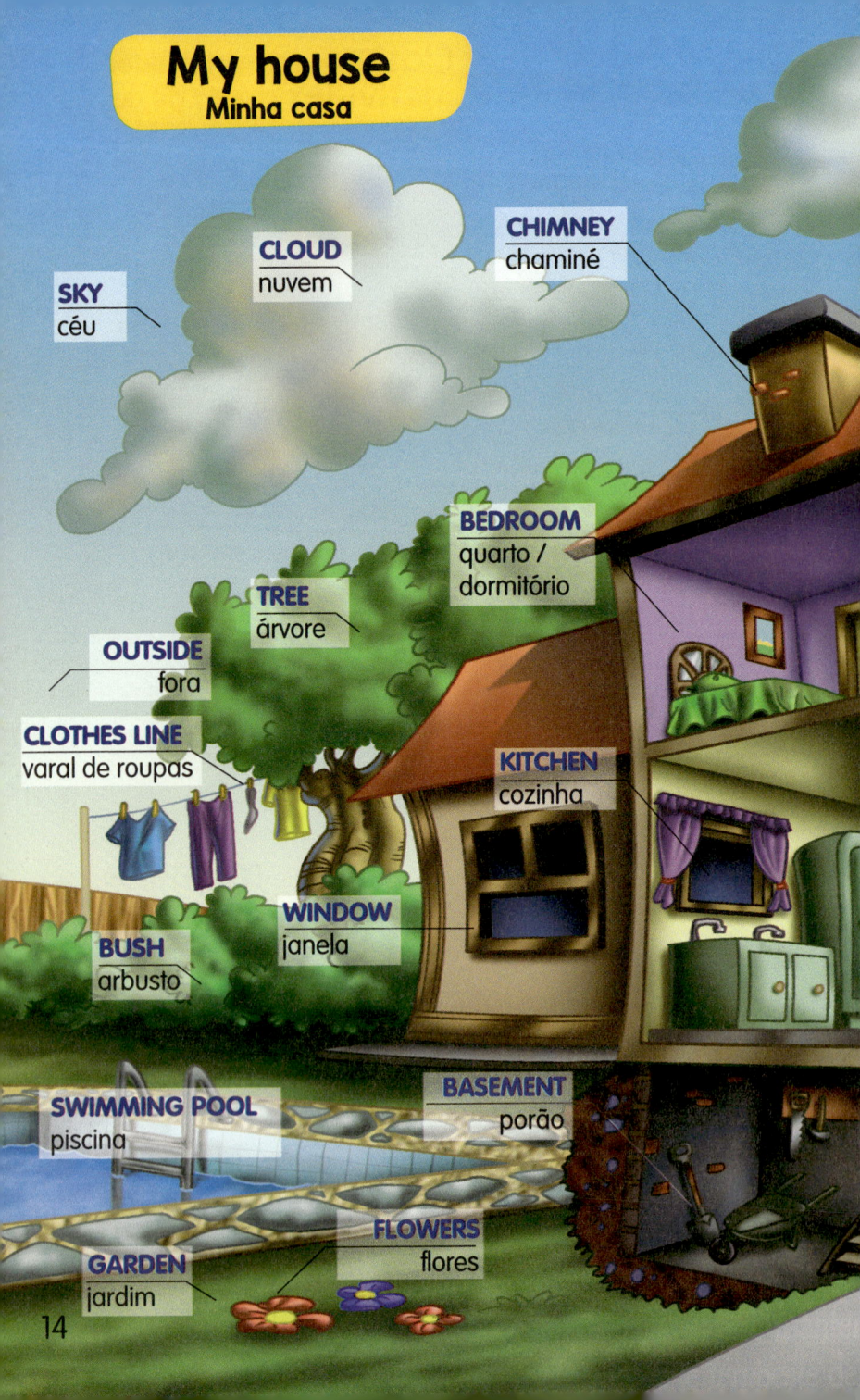

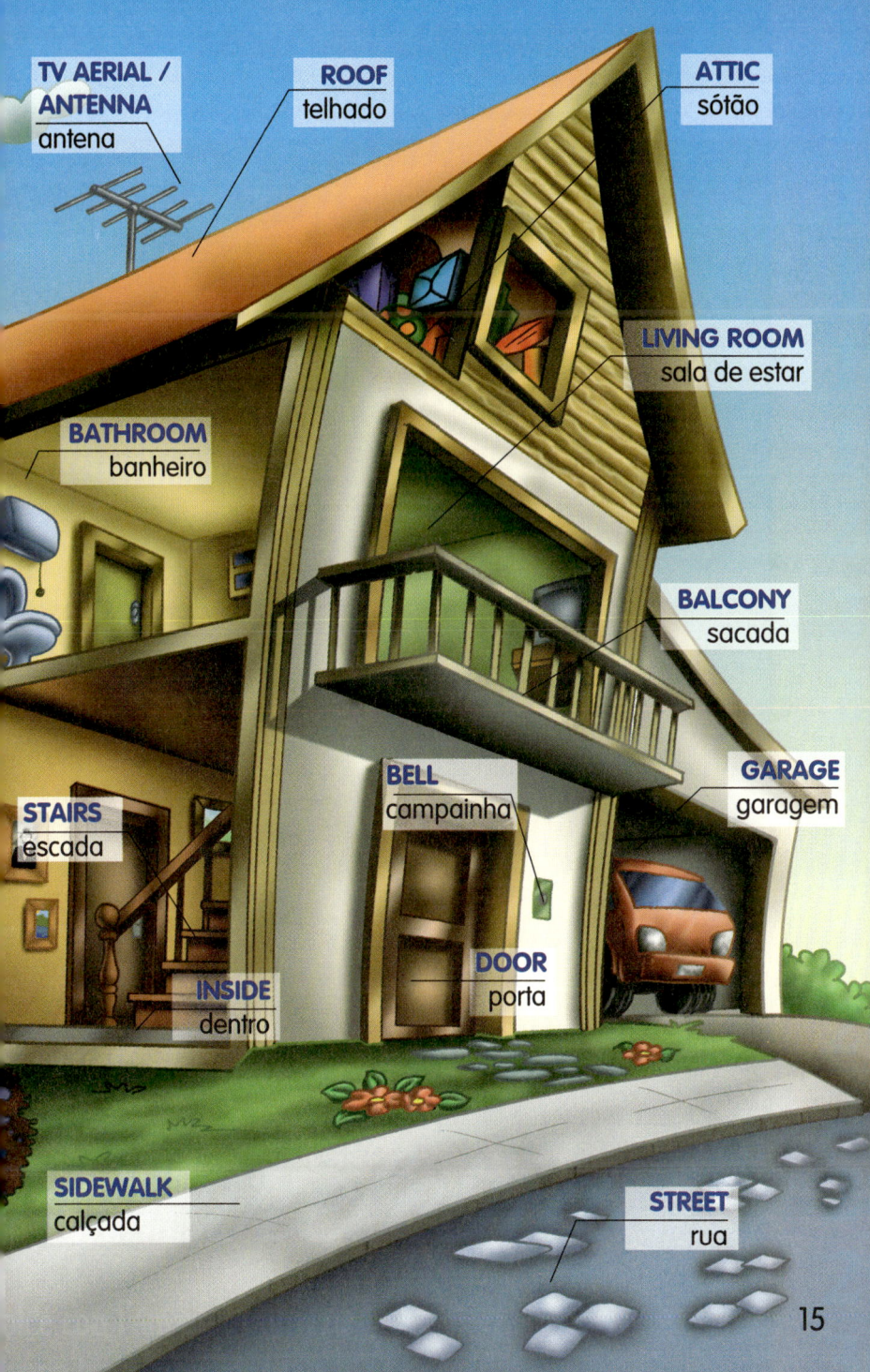

# In the kitchen
## Na cozinha

| **PLATES** | **BLENDER** | **FRIDGE / REFRIGERATOR** | **MICROWAVE OVEN** |
| --- | --- | --- | --- |
| pratos | liquidificador | geladeira | forno de micro-ondas |

| **TOASTER** | **STOVE** | **TABLE** | **BROOM** | **BOTTLE** | **CUPBOARD** |
| --- | --- | --- | --- | --- | --- |
| torradeira | fogão | mesa | vassoura | garrafa | armário |

| **SPOON** | **PAN** | **CUP** | **GLASS** | **DISHWASHER** |
| --- | --- | --- | --- | --- |
| colher | panela | xícara | copo | máquina de lavar louças |

# In the bedroom
## No quarto

**PILLOW** travesseiro  **BED** cama  **SHEET** lençol  **BLANKET** cobertor  **SHELF** prateleira  **WARDROBE** guarda-roupas

**LAMP** abajur  **WRITING DESK** escrivaninha  **COMPUTER** computador  **ALARM CLOCK** despertador  **CEILING** teto

**NIGHTSTAND / BEDSIDE TABLE** criado-mudo  **TOY** brinquedo  **FLOOR** chão  **CHAIR** cadeira  **SHELF** prateleira  **CURTAINS** cortinas

# THE BATHROOM
## O banheiro

**SHOWER** chuveiro
**BATHTUB** banheira
**TOILET** vaso sanitário
**SHAMPOO** xampu
**SOAP** sabonete

**BATH TOWEL** toalha de banho
**FACE TOWEL** toalha de rosto
**FAUCET / TAP** torneira
**MIRROR** espelho

**TOILET PAPER** papel higiênico
**TOOTHPASTE** pasta dental
**TOOTHBRUSH** escova de dente
**HAIRBRUSH** escova de cabelo

# My family
## Minha família

**MAN**
homem

**WOMAN**
mulher

**SON + DAUGHTER = CHILDREN / KIDS**
filho + filha = crianças / filhos

**BOY**
menino

**GIRL**
menina

**FATHER + MOTHER = PARENTS**
pai + mãe = pais

**DAD + MOM**
(papai + mamãe)

**DADDY / MOMMY**
(paizinho + mãezinha)

**BROTHER** - irmão
**SISTER** - irmã

**AUNT**
tia

**UNCLE**
tio

**COUSIN**
primo(a)

**NEPHEW**
sobrinho

**NIECE**
sobrinha

**STEPMOTHER**
madrasta

**STEPFATHER**
padrasto

**RELATIVES**
parentes

**HUSBAND**
marido

**WIFE**
esposa

**GRANDFATHER / GRANDPA**
avô / vovô

**GRANDCHILD**
netos

**GRANDMOTHER / GRANDMA**
avó / vovó

**BABY**
bebê

# Important dates
## Datas importantes

**FAMILY MEETING**
reunião de família

**NEW YEAR**
ano-novo

**INDEPENDENCE DAY**
Dia da Independência

**BIRTHDAY**
aniversário /
dia do nascimento

**CHRISTMAS**
Natal

**EASTER**
Páscoa

# Time  Tempo

**SECOND** segundo

**MINUTE** minuto

**HOUR** hora

## Period of time
Periodos do tempo

**MORNING** manhã

**AFTERNOON** tarde

**EVENING** tardinha / anoitecer

**NIGHT** noite

# Time  Tempo

**YESTERDAY**
ontem

**TODAY**
hoje

**TOMORROW**
amanhã

## The calendar
### O calendário

**YEAR**
ano

**MONTH**
mês

**WEEK**
semana

**DAY**
dia

**MONTHS OF THE YEAR**
meses do ano

**JANUARY** - janeiro
**FEBRUARY** - fevereiro
**MARCH** - março
**APRIL** - abril
**MAY** - maio
**JUNE** - junho
**JULY** - julho
**AUGUST** - agosto
**SEPTEMBER** - setembro
**OCTOBER** - outubro
**NOVEMBER** - novembro
**DECEMBER** - dezembro

**DAYS OF THE WEEK**
dias da semana

**SUNDAY** - domingo
**MONDAY** - segunda-feira
**TUESDAY** - terça-feira
**WEDNESDAY** - quarta-feira
**THURSDAY** - quinta-feira
**FRIDAY** - sexta-feira
**SATURDAY** - sábado

# Seasons
### Estações do ano

**SUMMER**
verão

**SPRING**
primavera

**AUTUMN / FALL**
outono

**WINTER**
inverno

# Weather conditions
## Condições do clima

**SUNNY**
ensolarado

**RAINY**
chuvoso

**CLOUDY**
nublado

**SNOWY**
com neve /
nevado

**FOGGY**
neblinoso

**WINDY**
ventoso

**WIND**
vento

## Directions  Direções

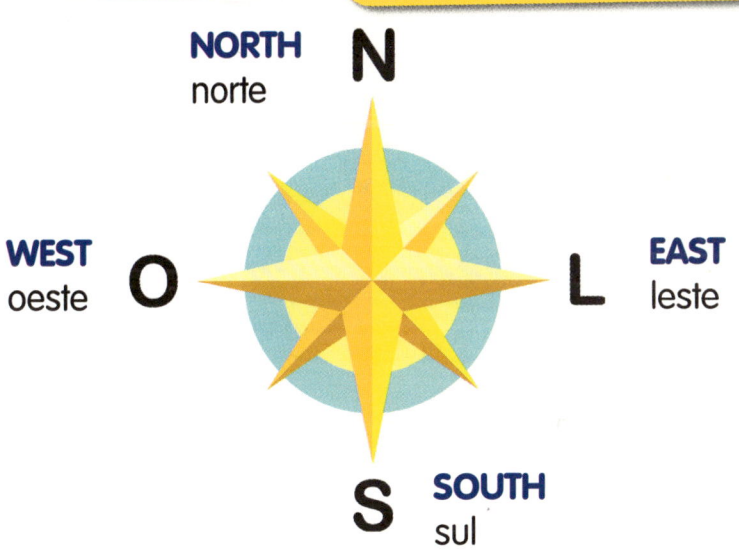

**NORTH** norte
**WEST** oeste
**EAST** leste
**SOUTH** sul

## Means of Transport
### Meios de transporte

**BIKE / BICYCLE** bicicleta

**CAR** carro

# Means of Transport
## Meios de transporte

**TRAIN**
trem

**BUS**
ônibus

**SHIP**
navio

**BALLOON**
balão

**AIRPLANE / PLANE**
avião

# Food
## Alimento / Comida

**BANANA**
banana

**PEAR**
pera

**ORANGE**
laranja

**CHERRY**
cereja

**LEMON**
limão

**STRAWBERRY**
morango

**TOMATO**
tomate

**CARROT**
cenoura

# Food
**Alimento / Comida**

**ICE CREAM**  sorvete

**POPCORN**  pipoca

**CHEESE**  queijo

**PUDDING**  pudim

**CUPCAKE**  bolinho

**JUICE**  suco

**COFFEE**  café

**TEA**  chá

## Meals  Refeições

**BREAKFAST**  café da manhã

**LUNCH**  almoço

**SNACK**  lanche

**DINNER**  jantar

# Sports  *Esportes*

**RUNNING**
correr

**SWIMMING**
natação

**SOCCER**
futebol

**SURFING**
surfe

**CYCLING**
ciclismo

**VOLLEYBALL**
voleibol

**TENNIS**
tênis

# Actions  Ações

**BRUSHING THE TEETH**
escovando os dentes

**DRINKING**
bebendo

**EATING**
comendo

**HUGGING**
abraçando

**WALKING**
caminhando

**PAINTING**
pintando

**WORKING**
trabalhando

**PLAYING**
brincando

**KISSING**
beijando

# Animals    Animais

**BIRD**
pássaro

**FISH**
peixe

**DOG**
cachorro

**CAT**
gato

**SHEEP**
ovelha

**MONKEY**
macaco

**HORSE**
cavalo

**PIG**
porco

**HEN**
galinha

**SNAKE**
cobra

# Animals  Animais

**LION**
leão

**BEAR**
urso

**FROG**
sapo

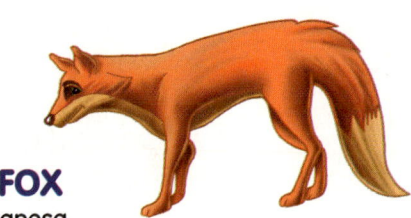
**FOX**
raposa

**TIGER**
tigre

## Insects  Insetos

**FLY**
mosca

**ANT**
formiga

**BUTTERFLY**
borboleta

**BEE**
abelha

# PRIMEIRAS palavras em INGLÊS

Com este pequeno livro, as crianças poderão aprender suas primeiras palavras na Lingua Inglesa de forma fluida e lúdica.

Por meio da associação entre palavras – em inglês e português – e imagens correspondentes, este livro aumenta o vocabulário da criança de forma simples e eficaz.

O Brasil inteiro lê.

©TODOLIVRO LTDA.
Revisão: Tamara Beims
IMPRESSO NA ÍNDIA

ISBN 978-85-376-3432-5

# Meu Primeiro Livro de Piadas

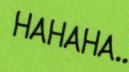